천 년을 생각한다

천년을 생각한다

지현경 제10시집

대양미디어

서문

우리는 오늘도 코로나 바이러스로
신음하고 있다.
온 세계가 7,500만 명이나 죽어갔다.
어두운 세계다. 지구상의 재앙이다.
그러나 나는 내 삶의 모습을 남긴다.
무명의 한 사람이 발자취를 남겨두는 것은
미래의 길동무가 되리라 생각해서다.
현재 우리는 행복하다.
그러나 내일은 모른다.
착잡한 마음으로 밝은 미래를 위해서
이 글을 남긴다.

2022년

옥상 정원에서

| 차례 |

제2부 고향

제3부 마음

제4부 그 자리

제6부 꼬리 문 비대면

제1부

비 오기 전

숨죽인 고요한 아침
빗방울이 한 방울 두 방울
떨어진다
나뭇잎이 잠자는 고요한 시간
목마르게 기다린 비가
무더위를 막아줄까?
기다려진다
35도 무더위에
늙은이는 힘이 든다.

– 「비 오기 전」 전문

동촌이여!

마을 앞에 세우는 표지석이
오늘 우리들의 사계절을 알린다
고향 떠난 그 사람도
고향 찾는 그 사람도
몸짓으로 따뜻하게
그들을 맞이한다
수수 백 년 세월 가도
혼자 남아서
동촌 사람들의 삶을 말해주겠지
비바람 몰아치고
흰 눈이 쌓여도
우리 동네 지키며
동촌의 역사를 전해주겠지.

그래서 울었다

못 배워서 울고
괄시받아서 울고
천대받아서 울고
차별받아서 울었다.

우리 집 향나무

뱁새가 앞마당 향나무 가지 위에
집을 짓고 알을 부화해
새끼를 기른다
밑에는 황진이가 집을 지키고
곁에는 순돌이가 근무를 하는데
뱁새가 집을 짓고 새끼들을 기른다
여기가 서울 장안인가
발산동 우리 집인가
능소화꽃 휘늘어진 우리 상가 화단에도
지나가는 사람도 찾아오고
날아다니는 새들도 쉬어간다
옥상 정원 쉼터는 새들의 천국인데
동네방네 소문나서 모여드는 새들이었네.

새벽에 찾아온 참새들

어둠이 가시질 않았는데
참새 가족이 큰방 앞에 모여
향나무 감나무 소나무 목련을
왔다 갔다 지저귀면서
짹짹짹 새벽을 쫓는다
새벽 4시부터 짹짹짹
동이 터 온다
나 좋아 심어둔 나뭇가지가
너희들 쉼터로구나
공기 맑고 숲도 좋아
새들의 천국일세.

올빼미

흑지에 능한 올빼미는
서둘지 않는다
오랜 시간 한자리에 앉아서
눈동자로 살핀다
먼 거리에서 움직이는 속도를
모두 합산해 분석한다
올빼미는 욕심을
부리지 않는다
과욕도 부리지 않고
정량만 잡아 취한다
올빼미는 한자리에 앉아
여유로이 세상을 바라본다.

거미줄

우리 일행이 지나간 길목에
둥그런 거미줄
잠깐 옥상 정원에서
커피 한잔 나누며
이야기하던 참인데
어느새 그물망을 엮어 쳐 났다
500W LED 전구 빛 받으며
예쁘고 둥글둥글하게 엮어 쳐 났다
거미줄 사이 사이로 바람도
조명 빛도 새나가고
곤충들 오기만 기다리는
거미 한 마리
가만히 큰 줄 타고 한편에서
웅크리고 기다린다.

창틀

허공의 창살
막아둔 울타리
큰 것들은 못 나가고
작은 새는 드나든다
들락날락 바람도 드나들고
나비도 드나든다
덩치 큰 까치와 까마귀는
커서 못 나가고
왔다 갔다 한가롭다
갈수록 세상이 나노 시대라
우주를 여행하려거든
작은 몸이 으뜸이다.

비 오기 전

숨죽인 고요한 아침
빗방울이 한 방울 두 방울
떨어진다
나뭇잎이 잠자는 고요한 시간
목마르게 기다린 비가
무더위를 막아줄까?
기다려진다
35도 무더위에
늙은이는 힘이 든다.

빗소리

방울방울 빗물 방울
떨어지는 물방울
향나무 잎에도
감나무 잎에도
닦고 닦으며 떨어진다
함께 서 있는 덩치 큰 소나무도
빛살 솔잎 사이사이에
촉촉하게 적신다.

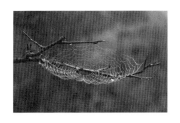

친구

조금씩 찾아가는 먼 길에
임들은 어디를 가고
보이질 않네
허덕이던 그 세월이
어제인데 말이오.

쓰다 둔 글

문학을 잘 몰라도
나는 문학 속으로 들어가고 있다
시들은 잡풀처럼
비 오기만 기다리는데
나무뿌리며 나무 중심대도 시든지라
기력조차도 잡기가 어렵다
인생무상을 누가 말했나요
만져 보기도 하고 흔들어 보기도 하면
그대 삶을 아는 것인데
추적추적 한발 두발 빛바랜 늙은이가
옛 친구들을 홀로 부른다.

뱁새의 눈물

새끼 뱁새를 천국으로 보내고
어미 홀로 남아서 농익은 살구로
허기진 배를 채운다
때가 이른지 공해 때문인지 곤충들은 사라지고
먹고살기가 힘이 들어
우장산을 뒤져 보지만 방법이 없구나
다시 돌아와
떨어진 살구라도 한참 주워 먹고 보니
주인이 바라보는구나.

옥상 20시

노랫소리가 꽃술 와인에 놀고
막걸리는 친구만 마신다
시원한 옥상 정원에
전등불 켜놓고
색소폰 소리 갈 데가 없어
여기 모인 우리 가슴만
슬프게 한다.

그림 속 추억

상춧대 머리 드니 한여름이 왔다
사과 얼굴 전구공 되니 가을을 재촉한다
찾아오는 친구들 오늘 또 찾아와
옥상 정원에 둘러앉아 탁주 한잔에
꿀맛 같은 청춘이 녹아떨어진다
고추 몇 개 따다가 된장 찍어 안주하고
그것도 모자라면 텃밭 가에 오이 두 개 따먹고
한가로이 지난날을 안갯속으로 접어 보낸다.

환희

청춘은 꽃이요
낙엽은 늙은이라
헐떡거리는 줄기마다
바람에 스치고
황토 내음 품으니
춘하추동이 기운을 부른다
오고 가는 사람들은
땀방울 여미며
옛날의 그 꽃 찾아
오늘도 헤맨다.

제2부

고향

눈을 감아도 고향
잠을 자도 고향
힘들고 괴로워도 고향
고향에는 부모님과
형제들이 계신 곳
그래서 고향을 잊을 수가 없다
언제나 그리운 마음
지울 수가 없다
날이 가고 나이가 들어가니
더더욱 그리워진다
꽃피고 새 우는 아름다운
내 고향 동촌마을.

−「고향」전문

꽃이 필 때면

꽃이 필 때면
임들이 기다려지고
꽃이 무성할 때는
젊은 시절이 그립다네
이 꽃 저 꽃 만발하면
마음은 행복한데
꽃잎이 질 때는
허무한 마음뿐이라네.

신 회장님

좋은 것만 몽땅 갖다 놓았네요?
지난날 돌아보니 후회만 남는구먼
예쁜 것 보려야 볼 시간이 없었다네
선율 속의 음악 소리는 꿈도 못 꾸었지
별미 찾아 천릿길은 하루 끼니도 어려웠네
사랑 사랑 사랑 눈 뜰 새도 없는 몸이
한눈팔 시간이 있었겠는가
말년에야 여기저기 혼자 여행 다녔으니
늘그막에 마누라 보기가 미안하다네.

꽃 속에 나비 한 마리

나비 한 마리가
꽃잎 속에
사뿐히 들어앉아
숨소리 듣고 있네.

용설란이 필 때

비 떨어지면 어쩌나요
왕관 꽃 떨어질라
해가 뜨면 어쩌나요
왕관 꽃 다칠라
한여름 무더위 속에
자태가 왕 꽃일세.

시와 소설이

시를 보면 지극정성
부모님 사랑이
평생을 간절하게
가슴에 담아주신 것과 같고
소설을 이어가 보면
달리는 기차 속에서
창밖을 내다보는 것과 같다.

20년 세월의 추억

오르고 오르던 우장산이
숲으로 옷 입었다
뛰어오르며 몸 만들던 그 시절 가버리고
오늘 다시 찾으니 숨이 차 오르네
길목마다 설치해 둔 울타리 따라가 보노라면
내가 구정 질의했던 그 길이었네
솎아내는 잡목으로 무너진 자리 세워 막고
길바닥도 깔아두었다
화학 시멘트 쓰지 않고
고사목 베어다가
길 따라 골짜기 따라
촘촘하게 설치했구나
"지 의원님 의원님은 너무나 앞서갑니다"
하던 그때가 벌써 20년이 훌쩍 지났네
팔팔하던 내 청춘 다 도망가고
늘어진 팔다리만
우장산을 비틀거리며 걷는다.

우장산

말이 없던 우장산이
강서에 자리 잡고
나무꾼들의 손을 타서
벌거숭이로 변했었다
잡풀들은 불을 만나
순간 재로 변하여
붉은 속살 다 내놓고
울고만 있었다
전국 방방곡곡에서
새마을운동이 불을 지피니
다시 옷을 사 입었다
옷값도 한 푼 안 낸 분들이
날마다 우장산을 찾아 즐기며
오르내린다.

은혜의 고마움

마음이 편하면 만사가 편하고
마음이 불편하면 만사가 불편하다
풀잎도 가리면 그늘에 말라 죽고
사람도 가리면 내 가슴에 병이 든다
사랑은 서로가 사랑해야 행복하고
짝사랑한 그 사람은 병이 되어 죽는다
내려놔라 속이지 마라
천년만년 병이 된다
선과 악은 동반자
분별해야 행복하다
은혜의 고마움은 가슴에다 피워라
그 꽃이 피어나서 다시 태어나리라.

어쩌란 말이냐

책만 보자니 눈이 침침하고
혼자 있자니 적적하고
TV만 보자니 볼 게 별로다
코로나바이러스도
친구들을 막아서고
시계는 쉬질 않는데
나는 어쩌란 말이냐.

비우고 삽시다

담아두면 무겁고
담아두면 변질되고
담아두면 굳어져요
모두 다 비우면
가볍게 삽니다
우리 모두 비워요
가볍게 삽시다
가슴에 담아둔
욕심도 버려요
비우고 비우면
만사가 편하다
가고 오고 사는 것은
허상일 뿐이다네
형체도 정신도
모두 다 사라지니.

명당

생명의 신비 그 못자리
서로 나눠 사는 자리가
고요하고 한적하다
이 자리는 변함이 없네
등산 길목에 발길 피해 서서
오고 가는 등산객 숨소리
살며시 엿듣는다.

흰비둘기

찾던새도 오지않고
왔던이도 소식없네
코로나도 잠잠한데
발길들은 안오는가
비둘기들 떠난자리
그나마도 안오는데
사총사들 해가져도
전화마저 끊겼구려.

아버지 치매

몰라도 몰라도
너무나 모르시네
우리 아버지
앞만 보고 뛰시더니
참말로 모르시네
세상사 이것저것 다 안다 해도
앞에 있는 나를 보고
누구냐고 물으시네
나이는 잡수셨다 해도 소용없는
우리 아버지
오직 한 길만 걸어오신
우리 아버지
일생을 자식 걱정에
몸을 던지신 아버지
늙어 늙어서도
자식들뿐이네.

고향

눈을 감아도 고향
잠을 자도 고향
힘들고 괴로워도 고향
고향에는 부모님과
형제들이 계신 곳
그래서 고향을 잊을 수가 없다
언제나 그리운 마음
지울 수가 없다
날이 가고 나이가 들어가니
더더욱 그리워진다
꽃피고 새 우는 아름다운
내 고향 동촌마을.

우리는 늙은이라네

그대여 등짐 지고 고개 넘어
어디로 가는가?
우리네 인생길이 이와 같다네
살다 보면 굽이굽이
산꼭대기도 오르고
가다 보면 허리 굽어
배고픔도 참았지
이것저것 밟아가며 살아온
우리 아닌가
그대여 그대여
우리 조금만 더 살아보세
다 떨어진 신발 꿰매 신고
살아온 우리라네.

어느 님께

살아온 길 차츰차츰
깊어만 가고
돌아볼 시간 없어
나 허덕이네
2020년 중반 지나
말복이라는데
받아 놓은 씨는 없어
하늘만 바라본다
처량한 내 신세
누굴 탓하랴!
그럭저럭 살다 보면
새 세상이 오겠지.

가다 보니 가을이네

하늘은 높고 푸르러
정원도 푸르구나
사과나무 열매 임 부르며
해님 보고
늦잠꾸러기 능소화도
이제야 꽃잎 맺었다
오고 가는 내 친구들
코로나19로 가로막아
오도 가도 못하고
무작정 때만 기다린다.

제3부

마음

추스르니 아름답고
뭉쳐놓으니 쓸만하구나
다듬어서 꾸려 넣으니
참 보기가 좋다
우리 이렇게 살면
얼마나 좋을까?

– 「마음」 전문

지렁이 한 마리

처마 밑에 지렁이가
살기 위해 길을 찾는데
낙숫물 밑에 모래알이 쌓여
길 막힌 지렁이
온종일 배를 밀어도
그 자리에서 헤매는구나.

쉬다 보니

볼품이 뚝뚝 떨어진다
걷는 것도 늘컹늘컹 늘어진다
말은 중심을 잃고
정신은 선반 위에 두었으니
손과 발이 말을 듣지 않네.

이것이 뭔고

땅을 밟았는데
땅이 아니고
손으로 잡았는데
허공이다
꿈속은 생각이요
말은 형상이 없어
누구보고 물어볼 것인가?

갈수록 저물어

서산의 해와 달은 지는 것이
아니었다
운동장을 한 바퀴
돌아오는 길이었다
지고 뜨고 지고 뜨고
빛과 그림자였다
돌아가고 돌아오고
뛰어가다가 뒤떨어지면
한 잎 두 잎 낙엽 되니
인생이 아니던가.

꿈꾸는 희망

보고 있는 것은 갖고 싶고
무거운 것은 들어 보고 싶은 마음이
희망과 꿈이다
버려진 것도 다시 보고
쌓아둔 것도 다시 보고
쓸만한 것이 무엇인가
입고 벗고 이 한 몸 유지하면서
일생 한 발 두 발 걸어간다
마지막 가는 길은 희망도 꿈도
사라져 버린다.

아버지 목침

아버지는 소나무 목침 하나로
일생을 쓰셨다
딱딱한 모서리에다
세우면 고침단명이라 하시었다
그 말씀 하시던 우리 아버지
90세가 되시던 때는
세워 놓고 주무셨다
뉘어 놓으면 갑갑하시다 하고
세워 쓰시면 편하다 하시며
아버지는 목침 하나로
쓰시다가 극락으로 가시었다.

꿈에도 고향

떠나온 지 50여 년 세월도 말이 없다
내가 놀던 그 자리는
잡초만 무성하고
우리 논과 밭은 형체도 바뀌었다
정든 분들 웃음소리는
어딜 갔나요
산천은 푸르러도
말이 없구나
갈 때마다 동네분들 줄어만 가고
800여 명이 100여 명이라니
눈물이 난다
뽀짝뽀짝 따라오는 세월의 내 모습이
꿈에도 고향이요 나이 들어도 고향이라
갈수록 이내 몸은 한없이 무겁구나.

내 나이 76세

기력은 바람에 밀려가고
정신은 바닥에 흩어져도
내 나이 76세
아직도 축구운동을 하며
즐기는 청춘인데
날 보고 어찌 늙었다 하는가.

즐기는 시간

책상 앞에 앉으면
펼쳐 둔 글귀들이 나를 부른다
눈이 눈인지 시간이 눈인지를
안과 의사는 말이 없고
지은이는 누구인가
깊이 들어가 보려는데
이놈의 눈이 흐릿해서
또 잊어버린다
정신은 아직도 쓸만하건만
76세 거참 말이 안 되네
축구는 뜨는 볼이 하늘을 나는데
책 몇 장 못 넘기고
또 아물거린다.

우리

우리가 힘을 합할 때는
조용했는데
우리가 흩어진 지금
시끄럽구나
어둡던 시기에는
우리가 있어 즐거웠지만
한자리 하고나니
우리 멀어져 버렸네.

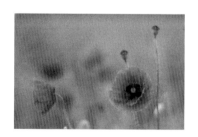

마음

추스르니 아름답고
뭉쳐놓으니 쓸만하구나
다듬어서 꾸려 넣으니
참 보기가 좋다
우리 이렇게 살면
얼마나 좋을까?

외딴집

한가로운 가을바람에
나뭇가지 춤추고
외로운 뱁새는 누굴
그렇게 부르는가
주인 없는 빈집에
바람 소리만 돌고 돌아
추녀 끝에 올라앉아
참새떼를 부른다
마당의 잡초들은
겨울 준비에 바쁘고
텃밭에 축 늘어진
감나무 홍시들은
주인 오기만을
팔 빠지게 기다린다.

살다 보면

살다 보면 별별 일 다 있고
걷다 보면 돌부리에 걸리듯이
다툼도 있다
우리가 살면 웃는 날이
얼마나 될까
주변 사람들이 점잖으면
웃음 떠날 날 없고
거친 사람들과 함께하면
나도 물들어간다
한 우물 안에 고기떼 놀듯이
사람들은 층층 층으로
나뉘어 살아간다.

약 사려고 왔습니다

약국에 앉아서
약을 기다리다
늘비하게 붙여놓은
광고들을 보니
만병통치약들이다
하나하나 들여다보면
나쁜 약이 없다
여기 쓰여 있는 약들만
다 먹고 마신다면
코로나도 독감도
범접을 못하리라.

돌아온 친구

살아서 돌아왔다
잊지 않고 찾아 왔다
반가운 내 친구
몇몇 고개 넘더니만
살아서 돌아왔다
살다 보면 힘이 들 때
쉬엄쉬엄 가지 않고
허리 휘게 일만 하다가
놓쳐버린 인생
청춘도 세월 속에
함께 묻혀서 가버렸네.

허무

술잔 속에
임이 보이고
시 속에
도인이 노니는구나!

우리 정원

옥상에 자리한 푸르른 정원
어제는 덥다고 나가라 하더니만
오늘은 찬바람이 햇빛 가리며 부른다
함께 놀던 꽃과 나무들이
나를 보고 한 수 읊어보라 하는구나!

"국화는 만삭이요
 꽃사과들은 대식구라
 호경빌딩 옥상 정원에 앉아
 풍성한 한가위를 맞이하네."

제4부

그 자리

임자는 없고
원탁만 노는구나
국화 향기 돌고 돌아
임들을 부르는데
빈 의자 외로워서
청명 하늘만 바라보네
가을이라 들과 산엔
붉음이 수를 놓고
시원한 가을바람은
산천초목을 부르는구나.

– 「그 자리」 전문

가을바람

들에도 화단에도 활짝 폈던 꽃들이
올해는 모두 지쳐있구나
늘어진 능소화는 뭐가 괴로운가
꽃망울을 피지도 못하고 슬프게 떨구고
활짝 피어 뽐내던 그 자태를
볼 수가 없구나
울타리가에 주렁주렁 매달린 꽃사과나무는
가지마다 쭉쭉 늘어져 힘들어하고
그늘 밑의 부추들은 햇빛이 그리워서
몸무게가 가볍다
속이 없는 잡풀들은 때를 만난 듯 춤추고
엔젤트럼펫은 사방을 독차지하고
활짝 피었구나
더디 자라던 소나무가 올 장마에 쑥쑥 자라더니
주인을 잘 만나 옷 색깔도 푸르고
한켠에 모여 사는 대나무 가족들도
가을바람에 한들한들 세월을 낚시질하네.

여보게 당신

여보게 당신 가거든
소식이나 주소
무탈하면 가끔가끔 주고
힘들거든 자주자주 전화하소
우리 서로서로 연락하며
가는 세월 밟으면서 손을 잡고
내일을 위해 힘차게 달려가세.

마스크 쓴 얼굴

화창한 가을날에
마스크 쓴 사람들
거리마다 얼굴 가리고
눈만 뱅긋하는구나
수십 년 만나던
내 친구도 몰라보고
지나쳐 버리고 나면
생각난 친구들
망각인가 마법인가
알아보기가 힘들다
늘 보고 만난 친구들도
넓은 입마개가
얼굴을 가렸으니
누가 누구인지
말을 할 수가 없구나.

추석이 돌아오니

홀로 앉아 잔술
왔다 갔다 잔술
외로움이 스밀 때는
잔술로 마음 달래고
꿀맛 같은 향기 속에
취기마저 돌고 돌아
내 가슴을 치는구나.

단풍놀이

무르익은 단풍이
산골짜기를 뒤덮고
짜박짜박 발걸음 소리는
산마루에 여울진다
철없는 가을바람은
골짜기마다 휘감고
오색찬란한 풀잎들이
환호성을 지른다
낙엽들 합창하는 소리 들으며
산허리 넘는 객들
기우는 잎 한 잎 두 잎
밟으며 간다.

날마다

날마다 바라보는 아버지 어머니
해가 지날수록 사진이 바랜다
그리움이 싫어서일까?
나이가 저물어서일까?
해도 차고 달도 차니
눈마저 차네.

저 별은 나의 별

삭막한 세상을 살아간 우리
만나고 헤어지는 인연들인데
서로 돕고 나누면서 살아온 삶은
돌아서면 두 얼굴이라
볼 수가 없구나
어두운 곳은 차버리고
밝은 곳만 찾으니
어제의 그들이 두 마음이었네
인기 좋으면 찾아오고
끈 떨어지면 돌아선 그들
탈을 쓴 그들이라
흙빛 속이 기다리네.

산 너머 강 건너

산 너머 강 건너 저쪽에
행복이 있다기에 찾아갔더니
거기에 행복은 없고
또다시 산 너머 강 건너
저쪽에 있다고 하더라
잔악무도한 일본이
세계를 흔들어댈 때
서민들은 얼마나 살기가 어려웠으면
만주벌판 산 너머 강 건너 저쪽을
넘고 또 건너야 했을까.

별천지 옥상

화분(꽃가루) 술 한잔에 기분 뜨는데
국화 향기가 옥상 정원을
그윽하게 데운다
소국 천지 속 향기 만발해
꿀벌들의 가을 나들이는
끝이 없구나.

그 자리

임자는 없고
원탁만 노는구나
국화 향기 돌고 돌아
임들을 부르는데
빈 의자 외로워서
청명 하늘만 바라보네
가을이라 들과 산엔
붉음이 수를 놓고
시원한 가을바람은
산천초목을 부르는구나.

친구 생각

술잔 곁에
술친구는 없고
노란 소국 잎에
꿀벌들만
노니는구나.

한 세상

한시름 돌아서니 앞이 보였다
된장 고추장 간장에 밥 먹던
그 시절 가고
쌀밥에 고깃국 먹으니
옛날 생각이 떠오른다
이일 저일에 쫓기다가
이 세월이 다 와 가니
보리밥 비운 그 그릇이
나를 지켜줬구나
사람 마음도 변하고
세상도 바뀌었으니
살아간 우리 앞날에
걸림이 없어라.

멋진 멋을 아십니까?

나는 물을 주고
꽃은 향을 주네
국화 꽃향기
옥상 정원을 적시니
벌과 나비 날아와
함께 노닐고
나는 소국 향기에 취해
내 나이도 잊었노라.

내 마음

내 마음 닦고 닦으면
세상이 보인다
밝고 어두운 곳을
볼 수가 있다
밝은 곳에는
환상의 세계요
어두운 곳에서는
괴로움뿐이다
옥돌 조각도 깎고 닦아야
아름답게 빛나듯
세월 따라 나뒹굴면
쓸모없는 잡석이다
인내 없이 밝음을 볼 수 없고
노력 없이 깨달음을
얻을 수가 없다.

먼 거리

먼 거리 보이지 않고
스쳐 간 인연 기억이 없다
흐르는 물길도
흔적 없고
그 자리는 형체도 변한다
우리네 가는 길 흔적 남겨서
대대손손 그 길로 인도하리.

일생

떡잎은 일찍이 젖을 먹고
자라서 할 일을 다 하지만
갈잎은 느지막에 배가 고파
떨어진다
수많은 가지마다 배고픈
쭉정이들
오도 가도 못하고 버티다가
가을바람에 떨어지네.

빈자리

임은 언제 오시나요
철은 가고 오는데
자리 임자는 왜 안 올까
쓸쓸히 기다리는 할매가
찬바람 맞으며 오늘도 기다리네.

제5부

달력 한 장

뜯어낸 달력 한 장에
사연들이 빼곡하다
기쁨도 슬픔도 8조각에
꽉 찼다
내 마음 둘 곳이 없어
여덟 조각 속에 담았다
이면지에 써둔 글들도
생각나는 말이 들어앉으니
다음 장 또 다음 장에는
더 아름다운 그대 마음이
담긴다.

– 「달력 한 장」 전문

정원의 단물

물소리 들릴까 말까
흩뿌린 꽃잎에
벌과 나비 찾아드니
나도 함께 앉았다
저널지 정치판 덮어두고
탁자 위 하루방과 이야기 한다
관훈클럽 역사도 쉬어가니
두고두고 덮어두고
한 잔 두 잔 취해본다
해는 공항 저편 위로 감추고
나홀로 그림자 따라가며
남재희 장관과 일본 요시오카
특파원 이야기가 역사 속으로 사라진다.

밟아간 시간

쌀쌀한 초가을 바람에
구름도 멀어지고
옛 친구들은
한 명 두 명 사라져 간다
어두운 새벽
내발산초등학교 운동장엔
함께 뛰던 회원들이
먼 길 떠난 지 오래고
새로 들어온 회원들과
발맞춰가며 오늘도
새벽을 연다.

풍수해

바람 불면 나뭇잎 떨어지고
비가 오면 도랑물 흐른다
해가 뜨면 꽃잎 문 열어젖히니
벌 나비들이 모여든다
자연의 순리 따라 살면
세월이 아까운데
장맛비 내리니
어찌 난장판이 되었는가
낮은 곳에 집 짓지 말고
골짜기에도 짓지 말라 했거늘
해마다 오는 풍수해를
피하지 못하는가?

* 월간문학에 게재

출렁 파도

출렁출렁 흔들리는
76 고갯길
아련한 추억들이
파도 위에서 노는구나
저 멀리 뱃고동이
나를 부르는데
어느 뱃고동 소리인지
알 수가 없구나
지치고 처진 몸과 마음
흔들어 보지만
찬물로 목욕할 때와
다르지 않네
가자, 가! 해 떨어지기 전에
어서 가자!
늙은이 76 고갯길이
멀기만 하구나.

동네 앞 표지석

다섯 오五자 직경 5m 둥근 원은
사방이 없고 2.5m 깊이 판 자리
지진을 대비하였다
채워놓은 자갈층도 흔들림 잡아났다
받침석 반별로 다섯 개 새로 놓아
좌우 사방 흔들림 막아 놓고
그 위에 중심 좌대석도
2.3m 가로 놓았다
좌우 사방 지진방지
천년 그 자리 지키리라
5m36㎝ 동촌마을 표지석에
마을 사람들 이름
그 안에 앉아서 후손들께 절을
받고 자손만대 길잡이 하니
천년만년 길이길이
빛이 되어 행복 누리리.

내 고향

내가 살던 고향은
아름다운 고향
타향살이 살아봐도
내 고향만 못하더라
아침에 뜨는 해는
온 동네를 비추고
집집마다 이야기 소리가
일터로 나간다
해마다 풍년 빌며
함께 웃던 이웃사촌들
올해도 행복하여라
동촌이여 영원하여라.

살다 보면

시간은 자꾸 가는데
사는 게 뭔지 바쁘기만 하다
날아온 소식들은 기쁨과 슬픔이
줄을 잇는다
어느새 가을 오고 찬 바람 불어오니
기쁜 소식에 뒤섞여 함께 들린 슬픔
산다는 게 이런 것인가요
나이 들면 친구들도 늙어가고
내 이마에 굵은 주름이 늘어나니
친구들은 내 곁을 떠난다
세월아 너만 가지 나도 가잔 말이냐
만나볼 친구들 다 데려가고
오늘 찾아보니 담임 선생님도 가셨구나
산다는 게 뭔지 바삐 살다 보니
떠난 뒤에 임들을 뒤늦게 찾는구나.

친구

달력이 두 장 남았네
아까워서 어찌 떼어낼꼬
너 떨어지면 신축년인데
나도 너 따라가야 하는구나
유수 같은 세월 살 같은 세월
지금 보니 총알 같은 세월이로구나
종착역이 가까워져 오니
회한만 남고
보고픈 벗들만 생각이 난다
마음뿐 몸이 못 따르니
언제나 얼굴 볼까
서산마루 바라보며
터벅터벅 걸어가네.

행복으로 가는 길

행동에 말이 따르고
말속에 마음이 흘러간다
마음은 나를 살찌게 하여
오늘도 살아가고 있다
거친 세상으로 보면
얼굴상이 거칠어지고
자욱한 물안개처럼 살면
상은 아름답다
선과 악은 마음 다스림에 있어
살아온 삶의 여정도
나 할 나름에 있다.

떨어진 낙엽

떨어진 낙엽 돌아보니
내 어머니였네
날 낳아 길러 주시고 따뜻한 옷
입혀 맛난 음식도 먹여 주신
어머님
온갖 정성으로 몸과 마음
다 쏟으신 어머님
가을바람에 떨어진
우리 어머님 낙엽
생을 다 하실 때까지
정성을 쏟아 주셨네
우리 기르시다 낙엽 되신 어머님
찬바람 창틈으로 새어들면
어머님이 덮던 이불로
나를 덮어 주시고
눈비가 내릴 때도

옷 따뜻하게 입혀주시던
어머님
생을 다 하실 때까지
피와 살을 나눠주시고
가벼이 떨어진 낙엽처럼
가신 우리 어머님.

한무제 시를 보고

추풍 일어 흰 구름 날아드니
초목은 단풍 되어 떨어지고
기러기 남으로 돌아가네
부귀영화 끝 간데없지만
슬픈 정 많아지고
젊은 시절 언제였던가
하던 일 다 접어두니
나 늙는 일 어찌하오리오
공허하고 무상함을 알고 보니
영원이란 없는 것인데
불로불사도 소망도 다
허망한 것이네그려.

나 홀로

대봉 두 개 나 홀로 보기가 아깝네
나는 혼자 외로운데
너는 둘이구나
낙엽 떨어져 쓸쓸하거늘
너는 둘이서 외롭지 않겠지
새들도 짝을 지어 날고
노루도 짝을 지어 거니는데
팔순 노구들은 홀로가 많구나.

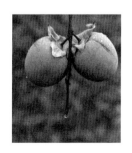

수북하게 쌓인 낙엽

어제도 그제도
간밤에도 떨어진 낙엽
개미들의 발걸음처럼
언제 지나갔는지 모르게
소복하게 쌓였다
바람 부는 날에는
사방을 어질러 놓고 가는데
이틀 밤사이에 깔아놓은
붉은 잎들
이슬이 맺혀 소리 없이
함께 떨어졌나 봐.

달력 한 장

뜯어낸 달력 한 장에
사연들이 빼곡하다
기쁨도 슬픔도 8조각에
꽉 찼다
내 마음 둘 곳이 없어
여덟 조각 속에 담았다
이면지에 써둔 글들도
생각나는 말이 들어앉으니
다음 장 또 다음 장에는
더 아름다운 그대 마음이
담긴다.

내가 언제 늙었어

언제 그렇게 늙었어
시간아 대답 좀 해줘라
내가 이렇게 늙었다고
너는 알고 있겠지
우리 한세상 사는데
시간을 나눠 살지만
나 이렇게 늙는 것
너는 알고 있었지
내가 이렇게 늙었어
나는 나 늙는 것 몰랐어.

감동

선율에서 끌려가고
음색에서 눈물이 난다
한 곡조 따라가면
발끝에 다다르니
음악이란 이런 건가
목소리란 이런 건가
나의 간장이 서늘해진다
노래 노래가!

추억인가 향수인가

밀려오는 지난날의
삶이 그려진다
춥고 배고프고
힘들었던 세상
못살게 하던 시절
젊은 청춘 다 지나가고
주름만 늘고 있다
골짜기 깊어 가니
이마에 새겨 놓았다
그래서 그런지
오란데도 없는 곳으로
자꾸만 자꾸만 끌려가고 있다.

제6부

꼬리 문 비대면

바라보고 인사해라
가르쳐 주시고
바라보고 악수해라
인사를 나누었다
바라보고 말을 해라
예의범절을
이렇게 가르쳤다
때는 시대를 넘어 버렸다
바라보고 말하지 마라
바라보고 강의도 하지 마라
바라보고 악수도 하지 마라
세계가 하나 같이
같이 보며 말하지 말라 하네.

– 「꼬리 문 비대면」 전문

아쉬운 시간

손님이 떠난 자리
잡초만 울고
손님이 가신 자리
외로움만 찾아든다
한적한 가을날에
옥상 정원에 앉아
유튜브 방송 촬영에
한마음 되어 찍고
여흥으로 옥상 정원에서
흘린 세월을 함께 찾아봤다.

헌신짝 인생

불쌍한 그이
다 떨어져 가는 잎새 되어
가는 길마저 따뜻이 못 입고
찬 바람을 견디고 있네.

강부자

바람이 부는 잎새도
그리웠다 부러웠다
80 먹느라 얼마나 고생했는데
얼마나 어려웠는데
흙탕물에 안 젖으려고
살아왔는데
석양이 나를 괴롭힌다
남자들은 이 시간이면 주酒식이다
술 먹는 시간이야
나는 강물에 푹 빠진 시간이야
석양의 노을처럼 서글플 거야
나는 외로울 거야 석양의 노을처럼
나는 서글플 거야 석양이 지면
그렇게 갈 거야 석양처럼.

그래 오늘이야

이런 즐거움과 행운이
내게 있을까
감격이야!
설레는 마음 안고 한없이
기쁨이 넘쳤다
꿈에도 감히 그려보지 않았다
뜬금없이 나를 찾는 그 기쁨
일생의 축복이 항상 내 곁에서
나를 여미게 한다
명예철학박사 되던 그날.

선잠을 깨서

뽀짝뽀짝 다가오는 남은 여정에
찬 바람 불어와 친구들마저 멀어지네
두툼한 옷 겹쳐 입고
헌책 읽어 내려가니 눈은 흐려지고
1959년 만난 담임 선생님
얼른 앨범 찾아들고 얼굴 맞대 보니
그래 이 분 맞아, 이 분이야
번뜩 그날은 저 멀리 사라져버리고
갈 길이 뽀짝뽀짝 가까워져 오니
글줄 서너 줄로 눈물샘 팠다.

* 뽀짝뽀짝 : '바싹바싹'의 방언

기다린 그 사람

시간은 가는데
그 사람은 안 보이고
순댓집 빈자리는
우릴 기다린다
찬 바람 불어와
오던 이들도 뜸해져서
나 혼자 글을 쓰니
외롭기만 하구나.

농사꾼 아들 심정

시골 농부의 아들이라
하는 일이 다 농사짓는 일뿐
황량한 시골 들판에
어느 누가 일하러 시집오겠는가
나 혼자서 가족 부양함에
딸 줄 사람 있을까 걱정뿐이네.

농사꾼 아들 근심

들은 옛 논두렁인데
물은 옛 물이 아니네
밤낮으로 흐르는 물로
대대로 먹고살았건만
후손들은 나고 자라면
멀리 고향 떠나 살고 있네.

너는 누구인가?

어제 한 말도 모르고
오전에 나눈 인사도 모른다
치매인가 거짓말인가
구분하기가 참 어렵다
한참 동안 생각해서
사이에 끼워 줬더니
그 자리를 못 찾는 사람이
치매인가 착각인가
귀중한 일 하던 중에
참견하다 꿰맞춰 쓴 이름
다 끝나고 나니 모른다고 하네
하늘도 무심하지 왜 그럴까
걱정되네요.

＊ 동촌마을 표지석에 미국 간 조노진 목사라 새겨 넣었다. 동창생
   친구가 목사 아니라고 껄껄 웃었다.

인생

제아무리 발악해도
재생품은 재생품
중고품과 재생품은 비슷한데
둘 다 합하면 폐품
쓸모가 없어져
가는 곳은 고물상
손수레 타고 가지요.

어제 그 산이 아니네

산을 오르면
산 너머가 보이는데
산을 내려오면
계곡물이 보인다
되짚어 또 오르면
나뭇잎 색깔이 다르고
다시 또 내려오면
길바닥 돌 하나가
굴러 내려와 있다
오르고 내려올 때마다
산은 낮아지고
어제 본 그 산은
다시 볼 수가 없네.

꼬리 문 비대면

바라보고 인사해라
가르쳐 주시고
바라보고 악수해라
인사를 나누었다
바라보고 말을 해라
예의범절을
이렇게 가르쳤다
때는 시대를 넘어 버렸다
바라보고 말하지 마라
바라보고 강의도 하지 마라
바라보고 악수도 하지 마라
세계가 하나 같이
같이 보며 말하지 말라 하네.

12시가 되었네

새들도 오지 않는
허전한 옥상 정원에서
기다리는 사람도 없는데
무심히 시간만 가네
천지가 코로나라
갈 곳도 없어
오늘도 빈 사무실에
홀로 앉아
묻고 답하며
시간을 좇는다.

트로트로 잡는 마음

지는 낙엽이 소리로 전하네
트로트가 낙엽 따라
살아서 노래하고
떠나는 어머님이
몸짓으로 소리하네
가을 낙엽이 가기 싫어서
나무 끝에 매달려
찬바람 맞으며 몸부림치네
어머님 낙엽이 자식들 그리워서.

피할 수 없는 재앙

사람들이 기후 변화를 뒤흔들어놓아
그 대가를 치르고 있다
만년설이 녹고 해수는 불어나
온갖 바이러스가 잠을 깼다
알지 못한 세균들이 활개를 치고
재앙은 꼬리를 물고 일어난다.

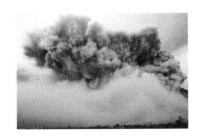

어머님 낙엽

봇짐 지고 따라왔네
빈손 쥐고 떠난 인생
뜬눈으로 밤을 새던
그 시절(6·25 피난민들)이 언제였나요
뭐가 그렇게 힘들도록
뜬 눈이었나요
팔다리 허리까지
성한 데가 없으니
고생고생하려고 봇짐 지고
따라 왔던가
등에 업고 손에 걸리고
눈보라 치던 그날
그때 그 시절 잊을 수가 없네
내 인생 눈 어둡고 귀 어두워
돌아본 세월
내가 언제 늙었는지 말 좀 해주소

따라올 때 어머님은
떠나신 지 오래고
등에 업고 손에 걸리던
그놈이 나란 말일세.

뜯어낸 달력

뜯어낸 달력 한 장에다
사랑도 신고 애환도 실었다
2020년 12월이 세월 따라가는데
뜯어낸 달력이
내 청춘도 가져가네.

천년을 생각한다

초판인쇄 · 2022년 5월 18일
초판발행 · 2022년 5월 25일

지은이 | 지현경
펴낸이 | 서영애
펴낸곳 | 대양미디어

04559 서울시 중구 퇴계로45길 22-6(일호빌딩) 602호
전화 | (02)2276-0078
팩스 | (02)2267-7888

ISBN 979-11-6072-097-6 03810
값 13,000원